KB241833

이 시대의 시쓰기

한 국 대 표
명   시   선
1   0   0

이 승 훈

이 시대의 시쓰기

시인생각

「나목이 되는」「얼굴」두 편의 시는 고교시절 작품이고 나머지는 그동안 낸 15권의 시집 가운데 손에 잡히는 대로 뽑은 것들이다. 무슨 분별이 있고, 차별이 있고, 차이가 있는가? 그동안 난 시를 쓴 게 아니라 나를 찾아 헤맸고, 마침내 불교와 만나면서 나도 없다는 사유에 도달하고, 이때 없다는 말은 있음/없음의 경계를 내포하면서 동시에 초월하는 중도, 불이 사상을 뜻한다. 그러나 아직은 머리로 아는 단계다. 머리도 버려야 하리라.

2013. 1. 서초동에서

이 승 훈

시인의 말

1

낮

침전하는 것이란 나의 온몸이 아니다
햇살이 풀리고
바람은 언덕에 오른다.

이 동반의 때에
보아라 꽃을 드는 소녀들
보다 강한 노래. 가장 자유로운 오늘의 평화여. 거부된
울음이여.
빛깔이여.

낮의 의미는 그늘을 키워주면서
그러나 한 여자의 손 안에 능금을 놓았다.

나목이 되는

이 길을 가면
나의 마음은 비어 간다.

어쩌면
겨울 한나절 같은 햇살이
퍼져오는
오후의 잔상들이
하나씩 떨어져 간다.

새벽별 빛날 때마다
다시 살아나고 싶은 그 몸짓
항시 서 있어야 할
나 혼자의 모습을

언덕을 향하여
오르는 것은
얼마나 오랜 기다림이었나.

바람이 잔잔히 다가오는
순간마다

안으로 지니고 싶은
나의 사랑은
가을 하늘 함께
하나씩 떨어져 간다.

얼굴

천정을 수다히
엉키어 간 거미줄 속에서

어쩌면 하나의 단편으로 퍼져버린
가을 하늘 속에서 외로이
숨지던 꽃잎으로

눈을 감고
창백하게 누우시던 어두운 밤을
아버지, 아버지의 옆모습을

누인
울고 있었다.

아침 햇살이 퍼져오는
유리창 가에서
지금은
무수한 축도의 종소리

어느 화단엔 분명
꽃이 져가고 있었을 것이다.

사물 A

사나이의 팔이 달아나고 한 마리 흰 닭이 구 구 구 잃어버린 목을 좇아 달린다. 오 나를 부르는 깊은 명령의 겨울 지하실에선 더욱 진지하기 위하여 등불을 켜놓고 우린 생각의 따스한 닭들을 키운다. 닭들을 키운다. 새벽마다 쓰라리게 정신의 땅을 판다. 완강한 시간의 사슬이 끊어진 새벽 문지방에서 소리들은 피를 흘린다. 그리고 그것은 하얀 액체로 변하더니 이윽고 목이 없는 한 마리 흰 닭이 되어 저렇게 많은 아침 햇빛 속을 뒤우뚱거리며 뛰기 시작한다.

이름 부른다

　시계는 열두 점, 열세 점, 열네 점을 치더라. 시린 벽에 못
을 박고 엎드려 나는 이름 부른다. 이름은 가혹하다. 바람에
휘날리는 집이여. 손가락들이 고통을 견디는 집에서 한밤의
경련 속에서 금이 가는 애정 속에서 이름 부른다. 이름 부르
는 것은 계속된다. 계속되는 밤, 더욱 시린 밤은 참을 수 없는
강가에서 배를 부르며 일어나야 한다. 누우런 아침 해 몰려오
는 집에서 나는 포복한다. 진득진득한 목소리로 이름 부른다.
펄럭이는 잿빛, 어긋나기만 하는 사랑, 경련하는 존재여, 너의
이름을 이제 내가 펄럭이게 한다.

암호

환상이란 이름의 역은 동해안에 있습니다. 눈 내리는 겨울 바다― 거기 하나의 암호처럼 서 있습니다. 아무도 가본 사람은 없습니다. 당신이 거기 닿을 때, 그 역은 총에 맞아 경련합니다. 경련 오오 존재. 커다란 하나의 돌이 파묻힐 때, 물들은 몸부림칩니다. 물들의 연소 속에서 당신도 당신의 몸부림을 봅니다. 존재는 끝끝내 몸부림 속에 있습니다. 아무도 가본 사람은 없습니다. 푸른 파편처럼, 바람 부는 밤에 환상이란 이름의 역이 보입니다.

비

　갈매기 하나 유리창에 부딪쳐 피를 흘린다. 비 오는 날엔
술을 파는 상점에서도 술 대신 비를 팔고, 비 오는 날 거리로
나가는 건 나가지 않는 거나 같다. 벌판에 서 있는 정신병원
만 유독 비에 젖는다. 비 오는 날엔 누가 찾아와도 이내 떠나
버린다. 그가 떠나버린 자리엔 그의 레인코트만 비에 젖을 뿐
아아 육체는 어디 갔는가 정신은 기아는 빵은 모르겠다. 비
오는 날의 빵은 비, 술도 비이다.

도주의 풍경

A가 도주한다. B도 C도 도주한다. A, B, C, 손을 쳐들고 각자의 꿈속으로 도주한다. A가 B의 꿈에 나타난다. B가 C의 꿈에 나타난다. C가 A의 꿈에 나타난다. A, B, C, 손을 쳐들고 신음한다. 어떤 밤은 눈물, 눈물 더하기 웃음, 어떤 밤은 눈물 더하기 웃음이다. A, B, C, 손을 쳐들고 갑자기 웃기 시작한다. 하하하 도주의 형태만이 완벽하다. 완벽한 것만이 도주한다. 도주가 아니라 발악이다.

A와 나
— 혹은 아름다운 A

 A는 고통이다. A가 증대하면서 지상을 가득히 채운다. A는 고통, 나는 고통의 남편. A는 내 몸을 파고들기 시작한다. 밤이다. A와 나는 관계로부터 탈출을 시도한다. A는 고통, 나는 고통의 남편, 어떻게 이혼할 것인가 새벽에. A와 나는 어떻게 결혼을 취소할 것인가 대낮에. 나는 A를 없애려 권총을 만든다. 물론 나의 권총에는 총구가 없다. 죽여야 할 놈은 이미 시체이기 때문이다. 죽여야 할 놈은 바로 나 아아 시체여 시체여 시체. 밤에도 낮에도 지상을 가득 채우는 아름다운 A는 결코 죽을 가능성이라곤 없다. A는 고통, 나는 고통의 남편 어떻게 이혼할 것인가.

다시 흙으로

입술은 바람이 되고
눈망울은 천둥이 되고
심장은 돌이 된다

괴롭던 일 기쁘던 일도
화만 나던 사랑도 후회도
이제는 님이 빚어야 할
한 줌의 흙
바다 혹은 하늘

내가 먹는 빵

내가 먹는 빵은
쓰레기
입술이 없는 키스
오 신음 머리칼

바다 속에
들어 있는 장미
납 속에
들어 있는 바다

살려다오
다시 옛날의 밤아
내 심장을 꺼내
바다에 던져다오

지금

커다란 고요가 있고
여름 해가 있고
흘러간 존재의 모습이 있다
네가 떠난 다음
마지막으로 지상에 남은 것

2

갈매기 나라

막차를 타고 어머니, 갈매기 나라에 갑니다. 갈매기 나라엔 갈매기만 삽니다. 바람 부는 밤에 갈매기 나라가 보입니다. 내 머리가 갈매기 나라에 닿습니다. 이제 내 머리, 인간을 떠나 갈매기와 함께 있으니, 갈매기는 끼룩거리며 바다의 상처를 알려줍니다. 눈물 한 방울이 썩어 마침내 바다가 됩니다. 바다, 밤마다 생의 플랑크톤 플랑크톤이 내 머리로 들어와 존재가 됩니다.

결국 나는 너이다

결국 나는 너이다
네가 있기 때문이다
네가 죽어가기 때문이다
나는 네가 죽어가기 때문이다
나는 있다 네가 죽어가기 때문이다
나는 있다 네가 죽어가기 때문에
나는 네 속에 박힌 돌이기 때문에
나는 너의 입
천당 같은 꽃잎
아니 나는 너의 배꼽
나는 너의 발
너의 발은 눈물이다
너의 발은 너의 손이다
너의 발은 뛴다
공기 속을 첨벙대며
멈추지 않는 것
비로소 눈을 뜨는 것
비로소 너의 눈 속에
타오르는 것
너의 눈 속에

타오르는 언덕과
타오르는 강물과
너의 눈 속에
타오르는 새와
웃음과 흐느낌과
결국 나는 너이다

이곳에서의 삶

죽은 듯이 살았다
빛나는 것은 없었다
하염없이 살았다
땅에 침을 뱉았다
한 번 더 뱉았다
머언 데로 한없이
가까운 데로 달려갔다

오오 죽음이 다 된 삶
나를 떠나게 하던 삶
내가 떠나던 삶
나를 위해 기도하던 삶
내가 기도하던 삶
그토록 커다랗던 삶
그토록 커다랗게 나를 가둔 삶
내가 크게 크게 가두었던 삶

시방 여름 대지에서
만나면 외면해야 할
흐린 날들의 삶

비린내투성이 삶
한 번도 지켜지지 않았던 삶

저 삶이 하루 종일
연기만 나는 삶이
허나 영원히 사랑했던 삶이
나를 영원히 사랑했고
내가 영원히 사랑할 삶이
시방 이렇게 불탄다
삶은 삶 속에 나를 가두고
나는 내 속에 삶을 가둔다

아무도 없는 땅

아무도 없는 땅에서
아무도 없는 땅으로
내가 왔다
가까스로 왔다
허겁지겁 왔다
아무도 없는 땅에서
아무도 없는 땅을 지나
아무도 없는 땅을 건너
억지로 왔다
불안하게 왔다
여보시오 내가 왔소
아무도 없는 땅은
아무도 없는 땅
시간만 무섭게 흐르는 땅
여름해만 쨍쨍 내리는 땅
아무도 없는 땅에는
아무도 없다
비쩍 마른 내가 껴안은
너는 시체였고
네가 없는 땅은

네가 없는 땅이었다
너는 없지만 오늘도
네가 있는 땅은 있으리라
별들이 쏟아지는 땅
거기선 외롬도 바람도
모조리 희망이 되는
그동안의 굶주림 마른 가슴
그동안의 망명도 자학도
네가 있는 땅에선
네가 된다 비쩍 마른 내가
너를 껴안으면 갑자기
부푸는 땅
네가 있는 땅
너의 가슴에서 시방
내가 꺼내 펼치는 땅
아무도 없는 땅에서
네가 있는 땅으로
오늘도 가는 중이다
가까스로 가는 중이다
힘들게 힘들게 가는 중이다

또 가을이다

피는
불이 되고

불은
연기가 된다

이제
나는 연기다

나는
풀풀풀 날린다

시간이
딸꾹질하는 뇌에는

연기만 가득하다

당신의 방

당신의 방엔
천 개의 의자와
천 개의 들판과
천 개의 벼락과 기쁨과
천 개의 태양이 있습니다
당신의 방엘 가려면
바람을 타고
가야 합니다
나는 죽을 때까지
아마 당신의 방엔
갈 수 없을 것 같습니다
나는 바람을 타고
날아가는 새는
될 수 없기 때문입니다

우리들의 밤

꿈이란 무엇이며
어둠이란 무엇이며
혁명이란 무엇인가
비 내리는 밤
비 내리는 밤이란 무엇인가
쓸쓸한 사람 곁에 누워 있는
비쩍 마른 나는 무엇이며
흘러간다는 것은 무엇이며
비 내리는 밤
문득 들리는 네 가슴의
시냇물 소리란 무엇인가
치욕이란 무엇이며
추위란 무엇이며
생활이란 무엇인가
어둠 속에 불을 켜고
잠이 안 와 돌아눕는
이 외롬이란 무엇이며
어둔 창을 열고
약을 먹는 나란 무엇인가
그런 게 모두 무엇인가

어둠 속에 잠시 타오르는
불빛 불빛 같은 것
그런 게
모두 무엇인가?

너를 안으면

너를 안으면
어둠이 사라지고
바람 불던 저녁도 사라지고
무슨 정신도 사라진다
너를 안으면
불안도 사라진다
너의 가슴에
얼굴을 묻으면
마흔 개의
어둠이 사라지고
너의 얼굴에
나를 묻으면
마흔 개의
감옥도 사라지고
우울도 사라지고
만성 신경증에 시달리던
밤들도 사라진다
너의 가슴에
손을 대면
나의 손도 사라진다

이젠 네가 있으니까
이젠 네가 나이니까
너의 가슴에
텀벙 뛰어든다
그래서 이젠
너의 얼굴도
볼 수 없다

세계라는 망상

이런 형편없는 시대를
불평해선 안 됩니다

아주 즐거운
표정을 지어야지요

현실이라는 게 없으면
바꿔 말해 진리라는 게
없으면

그땐 즐겨야지요
불안하겠지만

불안 속에서
놀아야지요

모자를 쓰고
공중에서

이런 형편없는 시대를
불평해선 안 됩니다

아주 즐거운
표정을 지으십시오

아주 즐거운
표정을 지어야 해요

세계는 우리들의
망상이니까요

절망이 기교를 낳는다

새로운 절망을 보면서
그는 파도친다
그는 펼쳐진다

새로운
새로운
새로운

절망은 확장된다
그도 확장된다
절망은 활발하다
그도 활발하다

이것으로 충분할 것이다
갑자기 충분할 것이다
사람들은 희망을 기다린다
희망은 도착할 것이다
과연 희망은

며칠 뒤에
며칠 뒤에
며칠 뒤에

소리를 지르며
도착할 것인가?
희망의 유혹
희미한 유혹
희미한 유혹

희망은 드물다
그는 가라앉는다
그는 축소된다
희망 오오
백 마리의 벌레
그게 문제다

끄노의 스타일을 모방하여

오늘 밤 내가
너와 도망간다면?

그야말로 그건
근사한 생각이다

나는 자신이 없지만
돌진한다
부서진다

그리하여
웃는다
너를 향해

웃는다 웃는다 웃는다

웃음엔 죄가 없다
너의 커단 눈에도
죄가 없다

그리고 또
죄가 없다

약방 앞에
차를 세우고

나를 기다리고 있던
너에게

아아 그러나

인생은 언제나 속였다

인생은 언제나 그를 속였다 그가 다가가면 발로 차고 그가 도망가면 팔을 잡았다 그가 웃으면 울고 그가 울면 웃었다 그가 망하면 웃고 그가 팔을 쳐들면 웃고 그가 걸어가면 웃고 너를 안을 때뿐이다 인생이 그를 속이지 않은 건 너를 안을 때 해가 질 때 너의 눈을 볼 때 너와 차를 마실 때 그러나 너와 헤어지면 인생은 그를 속였다 추운 골목을 돌아가면 골목의 상점에서 담배를 사면 가로등에 불이 켜지면 인생은 속였다 밤이 오면 아파트 계단을 오르면 작은 방에서 잠을 이룰 수 없으면 밖에 바람이 불면 바람 속에 돌아누우면 잠이 안 와 문득 일어나면 새벽 두 시 캄캄한 무덤에 불을 켜면 무덤 속에 앉아 담배를 피우면 전기스탠드를 켜면 위통이 찾아오면 다시 불을 끄면 캄캄한 무덤 속에 누워 있으면 책상 위의 냉수를 마시면 책상 위의 사과를 먹으면 아아 '나'를 먹으면 아무 소리도 나지 않으면 문득 머언 무적이 울면 새벽 연필을 깎으면 이마에 술기운이 남아 있으면 다시 잠이 안 오면 문득 무섭다는 느낌이 들면 턱을 손에 고이면 떨리는 손으로

일기를 쓰면 돌덩어리 우울 황폐한 새벽 인생은 그를
속였다 인생은 언제나 그를 속였다 그를 속이고 그를
감시하는 이 인생이라는 놈!

3

서울에서의 이승훈 씨

불안해서 시를 쓰고 불안해서 전화를 걸고 불안해서
시를 분석하고 책을 내고 술을 마시고 외출도 못한다
불안해서 못한다 여행도 못한다 도대체 엄두를 못 낸
다 꿈도 못 꾼다 불안해서 가방을 들고 바람에 젖고
소음에 시달린다 말라 죽을 불안이라는 놈 초라한 저
녁이 오면 초라한 방에서 시를 쓰고 불안해서 다시
전화를 건다 의자에서 벌떡 일어난다 비 내리는 거리
를 내려다본다 세상엔 비라는 게 있군 비에 젖는 차
들을 본다 비에 젖는 차들은 불안하지 않으리라 사랑
이 없으니까 욕망도 없으리라 차들은 행복하다 따뜻
하다 참담하다 따뜻한 참담한 저녁이 있다 불안해서
시를 쓰는 남자가 있다 세상에 불안해서!

이승훈 씨가 찾아간 이승훈 씨

이승훈 씨는 바바리를 걸치고 흐린 봄날 서초동
진흥아파트에 사는 시인 이승훈 씨를 찾아간다
가방을 들고 현관에서 벨을 누른다 이승훈 씨가
문을 열어 준다 그는 작업복을 입고 있다 아니
어쩐 일이오? 그가 놀라 묻는다 지나가던 길에
들렀지요 그래요? 전화라도 하시지 않고 아무튼
들어오시오 그는 거실을 지나 그의 방으로 이승
훈 씨를 안내한다 그는 그의 방에서 시를 쓰던
중이었다 이승훈 씨가 말한다 당신이 쓰던 시나
봅시다 그는 원고지 뒷장에 샤프펜슬로 흐리게
갈겨 쓴 시를 보여 준다 갈매기, 모래, 벽돌이라
고 씌어 있다 아니 이게 무슨 말이오? 이승훈 씨
가 황당하다는 듯이 이승훈 씨에게 묻는다 갈매
기는 강박관념이고 모래는 환상이고 벽돌은 꿈이
지요 뭐요? 난 그렇다고 생각합니다 아닙니다 갈
매기는 모래고 모래는 벽돌이고 벽돌이 갈매기
입니다 그게 아닙니다 벽돌은 갈매기가 아닙니다
그건 모래가 벽돌이 아닌 것과 같습니다 벽돌은
모래가 아니니까요 바바리를 걸친 이승훈 씨와

작업복을 입은 이승훈 씨가 계속 싸운다 마침내
화가 난 이승훈 씨가 의자에서 벌떡 일어나 소리
친다 좋아요 좋아! 그는 문을 쾅 닫고 사라진다

시

시는 나의 의지를 넘어선다
그것은 나로 하여금 그 자신이 원하는 것을
하게 만든다

이 승 훈

*) 마리 로르 베르나다크, 폴 뒤 부세 지음, 윤형연 옮김, 책세상, 1996, 피카소의 사랑과 예술.

작문

난 어설픈 시인
난 바람 아저씨
난 황혼 피에로
난 추억의 마피아
난 중년 늙은이

그러나 하느님은 아신다 내가 시를 쓰는 이유, 내가
헤매는 이유, 내가 황혼이면 혼자 술을 마시는 이유,
내가 미열에 시달리는 이유, 내가 모자를 쓰는 이유

난 물론 대책 없는 남편
난 외설의 성스러움을 믿는다
난 망한 가문의 후손
난 함경도로 쫓겨 간 조상들의 후예
난 시를 쓰는 교수(두 가지를
다 하기가 이렇게 어렵구나)
난 불안의 친척
난 해질 무렵 알코올 중독자
난 우리 아들(의사)의 아버지
난 좀 뻔뻔해진 시인

난 아직도 촌놈(아시는 분은 아시겠지만
내 고향은 강원도 춘천임)
난 미적 진보주의자(물론 말이
안 되겠지만)
난 도라지를 피우는 모더니스트
(말보로를 도라지도 바꾼 건
인후염 탓이다)
난 도라지를 피우는 국문과 교수

그러나 하느님은 아신다 내가 공부를 안 하는 이유, 내가
아직도 아내와 싸우는 이유(아내는 내 월급에서 용돈을 안
준다 10년이 넘는다 10년이 뭐야?) 그러나 오늘부터 내가
갑자기 자유로워진 이유, 시에서도 삶에서도 가벼워진 이
유(아직도 삶은 무겁지만 그건 노력하기 나름이다) 사랑에
서도 증오에서도 가벼워진 이유

올여름 개미를 본 다음
아홉 번째 시집을 낸 다음
밝은 방을 본 다음
(시집 표제가 밝은 방임)

내가 없다는 걸 깨달은 다음
바람 같은 삶이 이렇게
황홀하다는 걸 깨달은 다음
네루다보다 네루다보다
니카노르 파라의 시가 좋구나

오토바이

난 해질 무렵 몽상가 소부르주아 시인
세상엔 관심이 없다 내가 관심을 두는 건
의자, 작은 방, 개미, 염소

피와 이슬로 된 술 난 현실 따윈 모른다
알려고 하지도 않지만 난 현실을 모르는
국문과 교수 허리띠를 헐렁하게 매고
거울을 연구하는 교수

그러나 그러나 그러나 감기엔 맥을 못 춥니다
30년 전부터 어디론가
떠나고 싶었지만!

이 시대의 시 쓰기

물론 이승훈 씨는 시를 쓰신다 언어가 있기
때문이다 언어라? 언어라? 언어라? 도대체
언어란 무엇인가? 그는 언어 때문에 시를 쓰지만
언어 때문에 실패의 연속이다 언어 유리디체여
그녀를 돌아보면 안된다 차라리 불을 지르라
물론 어려울 것이다 그렇다면 이제 남은 건
훔쳐오기 그렇다 이제 그는 유리디체를 훔친다
그가 읽은 책, 그가 읽는 책, 그가 읽을 책,
그리고 최근의 경험, 말라빠진 현실, 엉터리 꿈,
한낮에 졸고 있던 약방, 카페에서 그의 담배에
불을 붙여주던 사람(얼마나 고맙던가?) 그는
작은 일에 약하다 말하자면 예민하다 그의
예민성은 신경증이 되고 우울증이 되고, 신경증
엔 히스테리와 강박증이 있고, 우울증이 도지면
의기소침해지고 그러나 우울증엔 여러 유형이
있다 창녀가 되고 싶은 유형, 자살을 꿈꾸는 유형,
험담을 하는 유형(최근에 그를 괴롭힌, 따라서
그를 즐겁게 한 여자가 이 유형임), 험담은 병이
아니라 이 시대의 상식이다 험담을 하고 모함을
하고 인간들은 우울증을 극복한다 그도 극복한다

우울증 환자 가운덴 알코올 중독자도 있고 투전꾼도
있고 약물 중독자도 있고 요컨대 이승훈 씨가
쓰는 시는 우울증의 산물이다 오오 우울증이 무슨
죄란 말입니까? 그는 불안이라고 하지만 아마
우울증일 것이다 그건 누구보다 내가 잘 안다
우울증은 자랑할 일이 아니다 불안하면 도둑질도
한다 무슨 짓을 못하랴? 그는 오늘도 그가 읽는
책에서 언어를 훔치고 창문도 훔치고 종이도 줍고
물론 불을 지를 순 없으리라 언어 속에서 언어를
훔치는 이승훈 씨여 언어라는 아파트에서 그는
가구나 물건들(예컨대 재떨이, 신발, 양말, 의자,
낡은 셔츠 등)을 훔친다 도둑질을 한다 그는 염치
도 없이 염치도 없이 훔친다 벼락처럼 훔친다
이젠 자신도 훔친다 그도 언어 속에 있기 때문
이다 그가 쓴 책 속에 그가 있다 이 시대의 시
쓰기는 도둑질이다 자연파 시인들은 자연을 훔치고
나 같은 자칭 언어파 시인들은 언어를 훔친다
오오 표절 속에 표절 속에 2월이 간다 김춘수
선생의 「들림, 도스토예프스키」라는 시에는
'가도 가도 2월은 2월이다'는 시행이 나온다

정말 가도 가도 끝이 없다 낡은 시도 많고 새로운
시도 많고 나처럼 조금 미친 이승훈 씨도 있고
겨울 저녁 불을 켜고 앉아 언어를 훔치는 시인도
있다 그럼 이승훈 씨여 부디 분발하시기 바란다

시

나는 시를 쓴 다음 가까스로, 거의 힘들게, 어렴풋이 발생한다. 나는 시를 쓰는 게 아니라 시 속에 태어난다. 시 속에 태어난다. 시 속에 시 속에 내가 발생한다. 그렇다면 시란 무엇인가?

시는 시라는 장르에 속하는 게 아니라 시라는 장르에 참여한다. 참여한다는 건 속하지 않으며 동시에 속함을 의미하고, 시는 시라는 장르에 속할 때, 말하자면 시라는 장르로 일반화될 때 이미 시가 아니다. 우리 시단엔 이런 의미로서의 귀속, 너무나 시 같은 시, 장르라는 일반의 옷을 입고 행세하는 시들이 너무 많다.

일반화된 시는 시가 아니다. 내가 시를 쓴다는 것은 시에 의해 시 속에서 시를 향해 시와 싸우며 시라는 길 위에서 헤매는 일이다. 헤맬 때 내가 태어난다. 시가 무엇인가를 알면, 도대체 시가 있다면, 우린 시를 쓸 필요가 없을 것이다. 일반화는 모든 삶의 숨결을 죽인다.

내가 생각하는, 내가 쓰는, 내가 쓰면서 생각하는 시는 이런 의미로서의 시가 없는 시다. 시가 없을 때 시가 태어난다. 아아 시가 없을 때 시가 없을 때 시가 있다면 시를 쓸 필요가 없다. 말하자면 나는 이 시대의 문학이라는 이름의 유령과 싸운다.

무엇이나 말할 수 있는 이 문학이라는 이름이 이상하게도 이 땅에선 무엇이나 말해선 안 된다는 점잖은 인습으로 고착된 지 오래다. 우리 문학이 답답한 건 이런 인습 때문이다. 인습을 파괴해야 한다. 그리고 무엇이나 말할 수 있는 문학이라는 이름에 대한 새로운 자각이 필요하다.

모든 제로의 가능성은 제로의 불가능성이고 이 불가능성이 또 가능성이다. 무엇이나 말할 수 있는 가능성은 무엇이나 말할 수 없는 불가능성이고 이 불가능성이 또 가능성이다. 나는 시를 쓴다. 아니 산문인가?

노예에 대해

노예를 바라는 사람은 없다 그러나 난 노예가 되기를
바란다 노예에겐 자아가 없다 그는 주인이 시키는 대
로 산다 그가 시키는 대로 확신하고 사고하고 삶에 대
한 변명은 필요 없다 사물을 보고 판단할 필요도 없다
돈 때문에 더러운 놈들과 만날 필요도 없다 명예도 필
요 없다 난 노예근성이 있나 보다 인생에 대해 생각
하고 남들과 싸울 필요도 없습니다 한용운 시인도 난
자유보다 노예를 꿈꾼다고 노래했다 물론 난 그가 아니
다 이 사고의 광란! 생의 대부분을 헤매고 시 한 줄
쓰며 사는 난 노예도 괴롭다고 생각합니다 주인을 잘
못 만나면 영화에서 본 것처럼 노예는 채찍으로 맞고
주인이 시장에 내

다 팔기도 합니다
그러니까 노예가
되기를 바랄 사람
은 없습니다 그러
니까 노예가 되기
를 바라지 않는다
성급한 결론은 폭
력이다 이 문제는

오늘도 해질 무렵 난 이 글을
쓴다 머리가 아프지만 감기로
열이 나고 콧물도 나오지만
대학 교수가 콧물을 흘리며
노예에 대해 시를 쓰신다 그
의 시는 그의 잡념이다 그의
시는 그의 삶에 대한 변명이
고 부재에 대한 진리다 소크

다시, 건강할 때,
내 몸에 열이 안
날 때, 감기가 나
은 다음, 담배도
피우면서 맑은 정
신으로 천천히 다
시 생각해야 한다
사이는 동굴이다
생각과 생각 사이
에 있는 동굴! 오
오 이 동굴 속으로
들어갑시다

라테스도 변명을 했다 변명을
하라 변명을 하라 난 변명은
안 한다 노예에 대한 생각이
어디서 왔는가에 대해! 그리
고 어디로 갔는가에 대해! 오
이 구멍에 대해! 삶과 죽음,
태어남과 사라짐, 태어남의
사라짐, 결핍에 대해! 노예
에 대해! 노를 버린 사람에
대해! 사자들에 대해! 노예
에 대해! 이 시에 대해! 이
시를 쓰는 시간에 대해!

너

캄캄한 밤엔 아무것도 보이지 않는다 그러나 너를 만났을 때도 캄캄했다 캄캄한 밤에 너를 만났고 캄캄한 밤 허공에 글을 쓰며 살았다 오늘도 캄캄한 대낮 마당에 글을 쓴다 아마 돌들이 읽으리라

왕십리

해질 무렵 창가에 서면
기차가 지나간다 기차는
춘천으로 간다 춘천은
내 고향 춘천엔 그리움
과 상처가 산다 아니
수원으로 가리라 수원
의 봄날을 찾아가리라
기차는 추억이고 망각
이다 겨울 저녁 기차가
지나간다 건너편 창문
에 불이 켜진다 불 켜진
방엔 나 같은 남자가
앉아 있겠지 그 남자도
기차다 해질 무렵 나같
은 남자가 지나간다 갈
등은 많다 후회도 많다
해질 무렵 왕십리 당신
은 어디로 가는가?

등받이 없는 의자

등받이 없는 의자에 앉아 기다리는
세월이 300년이 넘는다 이제 난 지
쳤다 왜 아직도 소식이 없소? 문지
기에게 물어도 대답이 없다 겨울
저녁 해가 진다 눈이 내린다 문 앞
엔 작은 등불이 걸린다 난 문 앞에
앉아 눈을 맞는다 등받이 없는 의
자에 앉아 문지기에게 다시 묻는다
왜 아직도 소식이 없소? 그건 당신
이 바란 거야! 문지기가 대답한다
문 앞에 앉아 300년이 흐른다

언어

　내가 사는 곳은 언어, 언어 속에 내가 있다 아니 언어가 나다 나는 말하고 나는 침묵하고 나는 기침하고 나는 담배를 피우고 난 정치는 모른다 난 국문과 교수도 아니다 이 글 속에서 이 언어 속에서 아니 이 언어의 들판에서 염소 옆에서 난 담배를 피우고 염소도 담배를 피우고 비가 오면 이 언어 속에서 우산을 쓴다 당신과 만난 곳도 여기 이 하얀 원고지 위에서! 어머니와 싸운 곳도 여기! 이 하얀 얼음 위에서! 해질 무렵 개미를 연구한 곳도 이 백지 위에서! 그동안 난 헤맨 게 아니다 언어가 헤매고 지금 저무는 하루도 언어 속에 저문다 물론 언어는 피로하다 당신들이 언어를 죽이기 때문이다 지금 말하는 건 내가 아니라 언어. 그것, 알 수 없는 힘이다

4

막다른 골목

가랑비가 내리고 벚꽃이 지고 해가 난다
난 성당으로 가기 위해 (꿈이던가?) 막다
른 골목으로 들어선다 다시 가랑비가 내
리고 난 가랑비를 맞으려고 당신을 맞으
려고 모자를 벗는다 이 모자 겨우내 쓰
고 다닌 모자를 막다른 골목 앞에서 가랑
비 앞에서 당신 앞에서 공손히 벗는다
당신을 향해 이 모자를 던져야 하리 당신
앞에 당신 앞에 이 모자를 던져야 하리
이 나라는 물건을 던져야 하리 이 옆구리
도 던져야 하리 가랑비가 내리고 벚꽃이
지고 해가 난다

봄날은 간다

낯선 도시 노래방에서 봄날은 간다
당신과 함께 봄날은 간다 달이 뜬
새벽 네 시 당신이 부르는 노래를
들으며 봄날은 간다 맥주를 마시며
봄날은 간다 서울은 멀다 손님 없는
노래방에서 봄날은 간다 달이 뜬
거리도 간다 술에 취한 봄날은 간다
안개도 가도 왕십리도 가고 노래방
도 간다 서울은 멀다 당신은 가깝다
목에 두른 마후라도 간다 기차는
가지 않는다 나도 가지 않는다 봄날
은 가고 당신도 가지 않는다 연분홍
치마가 봄바람에 휘날리더라 해가
뜨면 같이 웃고 해가 지면 같이 울
던 봄날은 간다 바람만 부는 봄날은
간다 글쟁이, 대학교수, 만성 떠돌이,
봄날은 간다 머리를 염색한 우울한
이론가, 봄날은 간다 당신은 남고
봄날은 간다 연분홍 치마가 봄바람
에 휘날리더라 새파란 풀잎이 물에
떠서 흘러가더라

서울에 오는 눈

서울에 오는 눈이 춘천에도 오고
춘천에 오는 눈 속엔 누가 있나
춘천에 오는 눈 속엔 춘천이 있
고 서울에 오는 눈 속엔 서울이
있네 서울에 오는 눈이 진주에도
오고 부산에도 오고 수원에도 오
네 오늘 하루 종일 내리는 눈발
속에 하루가 내리고 오늘 오는
눈은 어제 오던 눈 이 눈 속에
눈 속에 나는 없네 눈은 내리고
눈발 속에 내가 사라지네 눈발이
나를 덮네 간절함도 애절함도 눈
발에 파묻히는 불빛일 뿐

비누

　비누는 가늘게 내리는 가랑비 가랑비 내리던 아침 그대와 길을 떠났지 비누를 가방에 넣고 떠났던가? 오늘도 가랑비 온다 가늘게 내리는 가랑비 밤이면 하얀 눈발 어둠 속에 비누가 반짝인다 비누는 마루에 있고 거실에 있고 화장실 거울 앞에 있지만 비누는 과연 어디 있는가? 비누는 씨앗도 아니고 열매도 아니다 아마 추운 밤 깊은 산 속에 앉아 있으리라

현관에서

가을 아침 등을 구부리고
신을 신는다
갑자기 말문이 막힌다
이 고요한 통곡은
어디서 오는가
번개가 치는구나
내가 그리운 사람이다

언어도 버리자

　나는 지금 시론을 쓰는 심정으로 이 시를 쓴다 언어도 버리
자 언어는 존재의 집이 아니라 존재의 짐이므로 집도 버리고
짐도 버리고 산도 버리고 거리도 버리고 저 거울도 버리고 나
는 그동안 대상을 버린 시를 썼다 비대상은 억압, 충동, 욕망
의 구토였다 구토는 지루함이 억압들을 펼쳐 보이는 하얀 식
탁보가 아니고 욕망의 전환이 아니다 그건 내가 길들여진 야
수적인 고통 나는 타자의 욕망을 상상하기 때문에 이 고통을
견딘다* 그러므로 토할 때 나는 다른 누구이고 길을 잃고 헤
매지만 헤맴, 방황, 유랑이 회열이고 쾌락이고 주이상스다 그
러므로 나도 버리자 나도 버리고 나도 버리고 남는 건 언어
이 황량한 언어 언어가 나이므로 언어도 버리자 언어도 버리
고 언어도 버리고 시를 써야 한다 언어를 버리는 심정으로!
이런 심정도 없는 심정으로!

　*) '구토는 지루함이…… 견딘다'는 크리스테바의 말. 이승훈, 탈
　　근대주체이론-과정으로서의 나, 푸른사상, 2003, 272면.

철학

올겨울엔 이런 일이 있었다 진눈깨비 치던 오전 난 택시를
타고 공항터미널로 가고 있었다 그날 제주에서 제주대 대학원
박사 논문 심사가 있었기 때문이다 나는 기사 옆에 앉고 그는
50대로 보이는 남자 공항터미널로 가면서 그가 힐끗힐끗 곁
눈으로 나를 보더니 조심스레 물었다 선생님은 무얼 하십니
까? 난 검은 바바리를 걸치고 낡은 밤색 가방을 무릎에 놓고
있었다 글쎄 뭐 하는 사람 같아요? 그랬더니 기사 왈 철학하
는 사람 같군요! 네? 철학이요? 왜 있잖아요? 풍수도 보고 예
언도 하는 철학 말입니다 진눈깨비 치던 겨울 오전이었다

화장실 문

　화장실 문이 잠겼네 화장실 문이 잠겼어! 난 화장실 앞에서 아내를 부른다 석준이 시키세요 아내는 말하지 그러나 거실에도 건넌방에도 석준이는 없고 그럼 송곳을 구멍에 대고 여세요! 그러나 아무리 손을 대도 문은 열리지 않고 안 열려! 소리치면 한심하다는 표정으로 아내가 온다 이리 줘요! 아내는 쉽게 문을 연다

호준이

크레용 없어요? 호준이가 문을 열고 들어와 묻는다 뭐 크
레용? 그런 건 없어 그런 건 네가 가지고 있어야지 겨울 저녁
여섯 시 그는 나를 쳐다보더니 그냥 나간다 문 꼭 닫고 나가!
말하면 그는 문을 활짝 열어놓고 나간다 호준이는 벌써 일곱
살이다

이것은 시가 아니다

　한양대 교수로 직장을 옮긴 1980년대 초 밤이면 김일성이 자신의 집을 폭파하겠다고 전화를 하고 밤새도록 지붕 위엔 낯선 비행기가 떠 있다고 편지를 보낸 제자가 있었다 춘천교육대학을 중퇴하고 결혼에 실패한 그는 대학시절 서울 집으로 간다며 철길을 계속 걸어간 적이 있지 어느 날은 그의 시집을 영국에서 출판하게 되었으니 선생님이 평론을 쓰셔야 한다는 편지도 보냈다

　그 무렵엔 이런 일도 있었다 어느 날 연구실 문을 열고 웬 낯선 남자가 들어왔다 나이는 서른 정도 나를 보더니 대뜸 선생님이 불쌍해요 그가 한 말이다 잠바 차림에 무언가 들고 있었다 그는 전라도 광주에서 시를 공부하는 청년으로 선생님 생각이 나서 도시락을 싸 왔다며 손에 들고 있던 도시락을 풀었다 그때 조교들이 들어와 그는 조교들과 함께 나갔지 1980년대 초엔 왜 이런 일들이 많았는지 모르겠다 이런 생각을 하면 지금도 가슴이 아프다

손이 떨려도 좋아

손이 떨려도 좋아 글자가 틀려도 좋아 감기에 걸려 또 약을 먹었지 바른손이 저리면 왼손도 저리고 저려도 좋아 저려도 좋아 이런 시는 쓰지 않아도 좋아 감기에 시달리며 가을이 가네 그대 소식 없어도 좋아 인제 가던 길가에 흔들리던 코스모스 동서 작은아버지 머리는 하얗고 난 머리 빠지는 게 좋아 이런 시 쓰다 말고 화장실 가서 침을 뱉고 돌아왔지

가을 오전 은행 탁자에 고개 숙이고 축의금을 썼지 글쎄 국민은행까지 가서 떨리는 손으로 글을 쓰고 지금은 방에서 쓰지 읽을 수 없어도 좋아 나오는 대로 쓰는 거야 내 안엔 아무것도 없지 이런 소리가 무슨 소린지 모르니까 좋아 밥맛은 없지만 매일 밥을 먹고 밥 먹다 말고 갑자기 배가 아파 화장실 가는 사람 나만이 아니리 그래도 좋아 그래도 좋아 기침하는 가을이 좋아 떨리는 글씨가 좋아 바람에 흔들리는 코스모스 어느 날 그대 낙지 천국에서 매운 낙지 먹고 난 고등어 먹으리 그래도 좋아 그래도 좋아 바람에 흔들리는 백지 읽을 수 없어도 좋아

나를 쳐라

시는 형태이고 형식이고 스타일이다 40년 넘게 시를 써온 나는 그동안 시를 쓴 게 아니라 형태와 싸운 거야 등단 시절엔 연 구분 있는 시를 쓰고 싫증이 나 그 후 산문 형태를 시도하고 산문 형태도 지겨워 이른바 단련 형태를 시도했지 물론 이 형태도 지겨워 단련 형태이면서 시행이 가늘고 긴 형태도 시도하고 이런 형태도 다시 지겹고 그래서 이번엔 변형된 산문 형태를 시도하고 도모하고 기획하고 기도하고 무릎 꿇고 아멘! 하고 비 오는 저녁 의자에서 일어나 방황하고 떠돌고 그러다 또 지치면 이젠 정사각형 형태다 정사각형은 죽음을 상징하지 다음엔 직사각형 형태 그것도 지치면 산문 속에 정사각형을 넣어도 보고 토막글을 넣어도 보고 그러면서 40년이 간 거야 내 친구들은 언제나 같은 형태의 시를 쓰지만 나는 왜 이렇게 형태 앞에서 형태를 보면서 형태 속에서 형태와 싸우며 형태를 끌어안고 뒹굴고 헤매야 하는가? 결국 그동안 난 시를 쓴 게 아니라 형태를 찾아 헤맸지 지금도 그렇다 지금은 산문 형태로 쓰지만 옛날과 다른 건 짧은 이야기가 있는 것 그러나 이 형태도 이젠 지겹다 난 매사에 너무 빨리 권태를 느끼는가? 여름이 가고 가을이 오는 날 두 개의 산문이 결합된 형태도 시도했지만 막막하다 옛날로 갈 수도 없고 오늘도

나는 형태 형식 스타일 편집증에 시달리는 편집증 환자이고
병적인(?) 인간이다 병적인 인간이다 병적인 인간이다 가을비
오는 밤 내가 내 시를 연구할 수도 없고 어쩌란 말이요 문에
는 감시병이 있으니 우리는 간혀 있으니 우리는 서로 사랑했
소 앞으로 어떤 형태가 될지 그건 나도 모른다

5

개는 사람을 문다

　이 시는 시의 고민이 사라지고 쓰는 시 아무렇게 써도 되고 안 써도 되는 시 비가 오면 아무 일도 못하고 비 때문에 비 때문에 이제 시는 끝났다 비가 올 때 끝나고 시의 문제는 철학의 문제로 넘어간다 아슬아슬하게 넘어간다 시와 산문의 전쟁도 끝나고 오늘부터 끝나고 시의 종말은 시의 죽음이 아니야 한 시대가 끝난 거야 이젠 무슨 시론도 본질도 없지 최근 젊은 애들이 쓰는 시를 욕해선 안 되지 이게 우리 시의 희망이고 미래야 본질주의자들은 엿이나 먹어라! 또 비가 오잖아? 사흘만 참으면 돼 사흘 뒤에 사흘 뒤에 너를 만나겠지

　아니 나흘 뒤면 돼 나흘 뒤에 나흘 뒤에 너를 만나겠지 나흘 뒤에도 비가 오겠지 넌 이사를 간다고 했지 비가 오는데 이사를 가도 돼 새 집으로 이사를 가도 돼 돈이 들지만 돈은 빌리면 돼 한 시대는 끝나고 이젠 무슨 시도 예술도 없겠지 다만 너를 만나면 돼 뒤샹은 변기와 눈삽을 보여줬지 눈삽이 좋아 눈 치우는 삽이 예술이야 사유의 문제지 그러나 시도 사유도 모두 언어일 뿐이야 시 속에 시가 없고 사유 속에 사유가 없지 요컨대 시가 시를 삼키고 사유가 사유를 삼키네 이 저녁의 본질은 뭐야?

좋아!

좋아! 모자를 벽에 걸며 말한다. 오늘도 비가 온다. 돌아서
서 창문을 본다. 창문 앞에 책상이 있다. 정말 아무 것도 아니
야. 고마워. 또 저녁이야. 저녁을 괴롭히지 말자. 기차는 나보
다 크고 나보다 길고 나보다 마르고 나보다 빠르고 나보다 개
떡이고 해골이고 바가지다. 비 오는 저녁 기차는 비를 먹고
말 대가리를 먹고 넥타이도 먹고 뭐니 뭐니 해도 양말을 먹는
다. 오오 침대도 먹는다. 기차는 내가 건강한 줄 알겠지. 늦은
봄날 저녁 오현 스님이 맥주 사주시던 신사동 먹자골목 일식
집. 맥주 마시다 말고 나가 술 취한 손님이 벽에 갈긴 낙서
"그대 마스카라여!" 읽고 다시 방으로 들어갔지.

모두가 예술이다

용인 공원 식당 창가에 앉아 맥주를 마신다. 앞에는 정민 교수 옆에는 오세영. 유리창엔 봄날 오후 햇살이 비친다. 탁자엔 두부, 말린 무 졸임, 콩나물 무침, 멸치 졸임. 갑자기 가느다란 멸치가 말하네. "생각해 봐! 생각해 봐!" 도대체 무슨 생각을 하라는 건지 원! 멸치 안주로 맥주 마실 때 "이형은 목월 선생님 사랑을 그렇게 받았지만 생전에 보답을 못한 것 같아." 종이컵에 하얀 막걸리 따라 마시며 오세영이 말한다. "원래 사랑 받는 아들 따로 있고 효자 아들 따로 있는 거야." 그때 내가 한 말이다. 양말 벗고 햇살에 발을 말리고 싶은 봄날.

"이군이가? 훈이가?" 대학 시절 깊은 밤 원효로 목월 선생님 찾아가면 작은 방에 엎드려 원고 쓰시다 말고 "와? 무슨 일이고?" 물으셨지. 난 그저 말없이 선생님 앞에 앉아 있었다. 아마 추위와 불안과 망상에 쫓기고 있었을 거다. 대학 시절 처음 찾아가 인사를 드리고 나올 때 "엄마야! 이군 김치 좀 주게. 이군 자취한다." 사모님을 엄마라 부르시고 사모님은 하얀 비닐봉지에 매운 경상도 김치를 담아 주셨다. 오늘 밤에도 선생님 찾아가 꾸벅 인사드리면 "이군이가? 훈이가? 와? 무슨 일이고?" 그러실 것만 같다.

오현 스님

　구두 벗고 들어가면 넓은 법당 지나 작은 방이 있고 스님은
작은 방 의자에 앉아 웃으신다. 방바닥엔 하얀 해골이 있다.
버튼을 누르면 노래하는 해골. 말도 하겠지. 말도 하고 노래도
하고 춤도 추겠지. 하얀 해골바가지. 두통도 모르는 해골바가
지. 그는 방바닥에 서서 스님 말씀 듣고 난 의자에 앉아 스님
말씀 듣는 늦은 봄날 오후.

시가 이젠 제정신이 아니다

이젠 책상도 잠자러 가고 나 혼자 방에 앉아 무얼 하지? 문을 열고 나가 현관 신발장에서 구두를 꺼낸다. 밑창이 너덜대는 구두다. "나를 먹어!" 구두 보고 말하지만 구두는 인간이 아니기 때문에 내 말을 알아듣지 못한다.

증상을 즐겨라

　당신의 시엔 고민이 없어요 좀 더 고민을 하세요 좀 더 죽
으세요 치욕도 견디고 수모도 당하고 진창이 되세요 너무 고
와요 침도 뱉고 당신과 싸우세요 최근의 우리 시엔 고민이 없
어요 절망도 모르죠 고민도 절망도 광기도 없는 이 쓰레기들!
물론 내 시도 쓰레기죠 젊은 환상파들도 고민이 없어요 환상
은 상처를 먹고 삽니다 트라우마 질병 한숨
　절벽을 먹고 살지요 그러나 이들의 시엔 상처가 없고 그러
니까 감동도 없고 전통파들에겐 기대할 게 없고 실험파들도
모험을 몰라요 모험은 언어라는 법 속에서 이 법과 함께 이
법과 싸우며 추락하는 것 갈 데까지 가다가 죽는 겁니다 인생
이 썩으면 예술이 되고 사회가 썩으면 예술이 된다고 말한 건
백남준 그러나 우리시는 썩을 줄 모르고
　부식을 모르고 부패도 모르고 피로도 모르고 한 마디로 죽
음을 모릅니다 말하자면 새로운 탄생을 모르죠 실험 도전 모
험은 고독한 시도이고 실패하려는 시도이고 죽으려는 시도입
니다 시 쓰기는 결국 시를 배반하고 위반하고 폭로하는 행위
입니다 최근엔 형식의 사상성에 대해 다시 생각하고 있습니
다 오늘은 비가 온다고 했지만 비는 안 오고

하루 종일 날씨가 흐리고 흐린 날 흐린 날이 좋았지만 이젠 지겹고 그동안 쓴 시도 지겹고 모두 사치고 쇼우고 허위죠 그건 내가 잘 알아요 문제는 형식이고 사상이고 형식의 사상입니다 문체 형식 스타일이 사상이고 사유이고 스타일이 사고하고 사유하고 사고치고 사유는 사고 우연 뜻밖의 사건입니다 이런 말도 개수작이죠 좋아요 개수작도

이 정도로는 안돼요 나도 알아요 사는 건 희극 코미디 난 지금 왼손에 담배를 들고 이 글을 쓰다가 입에 물고 쓰지요 옛날에 피우던 타르 1mg 에세를 위암 수술 받고 최근엔 0.5mg 에세로 바꿨지만 문제는 이놈의 에세에선 담뱃재가 아무 데나 떨어진다는 거야요 지금도 담배 불똥이 종이에 떨어지고 부랴부랴 불똥을 재떨이에 털었지만

하얀 종이에 불똥 자국이 생겼어요 이 자국이 형식이죠 불똥은 사라지고 사라진 불덩이 사라진 불덩이의 흔적이 형식이고 사유이고 문득 당신 생각도 나고 사유는 사라진 당신의 부재의 흔적이고 죽음의 흔적이고 이 흔적이 형식입니다 그러니까 죽음이죠 죽음의 흔적 이것도 협잡인지 몰라요 흐린 날 흐린 날 내 시에도 고민이 없어요

천둥 치는 저녁

이 비는 갑자기 오는 비 갑자기 오고 갑자기 가는 비 또 천둥이 치네. 천둥 치는 저녁 중국집에 전화를 한다. "여기 진흥아파트 7동 303홉니다." "네? 진흥아파트요?" "네. 탕수육 하나 보내주세요. 초등학생과 중학생이 먹을 겁니다. 크기가 어떤 게 좋을까요?" "네. 소짜 중짜 대짜가 있습니다. 소짜는 만 천원 중짜는 만 오천 원 대짜는……" "아이들이 먹을 겁니다." "그럼 소짜로 하시죠." "아니 중짜로 보내주세요." 천둥 치고 비 오는 저녁 호준이 석준이 먹으라고 중국집에 전화를 한다.

해가 지면

해가 지면 "이정현!" 아파트 마당에서 아이 부르는 여자 목
소리가 들린다. 어제도 "이정현!" 목소리가 들리고 오늘도
"이정현!" 목소리가 들린다. 난 정현이가 누군지 모른다. 여름
저녁 들리던 소리가 가을 저녁에도 들리고 매일 저녁 해가 지
면 "이정현!" "이정현!" "이정현!" 세 번 부르고 조용해진다.

아들 전화

미국 간 아들이 이따금 전화를 한다. "아버지 좀 어떠세요? 병원에서 뭐래요?" 위암 수술 받고 좀 어떠냐는 안부 전화다. 난 거실에서 수화기를 들고 창밖을 보며 말한다. "응. 괜찮아." "의사 선생님은 뭐래요?" "결과가 좋대." "식사는요?" "식사도 제대로 하고 술도 마시고 며칠 전엔 담배도 시작했어. 그런데 힘이 없고 집중이 안 돼." "그건 늙으셔서 그럴 거야요." 그렇다. 나이 들면 늙고 힘이 없다.

이유는 없다

내가 밥을 빨리 먹는 건 빨리 먹기 때문이다. 어느 날은 배가 고파 빨리 먹고 배가 고프지 않아도 빨리 먹지만 낮에는 거실 탁자에 앉아 빨리 먹고 밤에는 주방 싱크대에 서서 빨리 먹는다. 낮에는 혼자 앉아 먹지만 밤에는 혼자 서서 먹는다. 난 이슬을 먹은 적이 없고 뱀도 먹은 적이 없고 자전거도 먹은 적이 없다. 저녁에는 맥주 마시고 밤에는 밥을 빨리 먹고 맥주도 거실 바닥에 앉아 TV 보며 빨리 마신다. 피로는 오전부터 몰려오지만 오전엔 굶고 낮에 밥을 빨리 먹고 주방 옆 작은 다용도실에 앉아 빨래도 하고 수도를 틀어놓고 대야에 떨어지는 수도 물 구경도 하고 담배를 끊으려고 담배를 피운다. 피로가 엄습하면 약을 먹고 밤이 길기 때문에 맥주를 마신다. 긴 건 질색이다. 긴 시를 누가 읽으랴?

언젠가 모르겠다

봄날 저녁 길을 가다
돌아보면 아무도 없
고 다시 고개 숙이고
가면 누가 따라오는
것 같아 다시 고개 돌
리면 아무도 없다 그
저 웃으며 간다

가을 산길

맨 앞에 아버지가 가고 나는 아버지
뒤를 따라가고 오리는 내 뒤를 따라
오고 모처럼 산길에서 만나 함께 길
을 가지만 도시락도 들고 가지만 아
무도 말이 없다 아버지는 옛날에도
말씀이 없으셨다 나도 아버지 닮아
말이 없고 오리도 말이 없다 가을
산길

이승훈

연 보

1942년 11월 8일 강원도 춘천시 소양로 2가 60번지에서 부친 이부영 씨(한학자 이교승 씨의 차남)와 모친 최숙영 씨(제헌의원, 농림부 장관, 강원도 지사를 지낸 최규옥 씨의 장녀) 사이에 장남으로 출생. 의 사이던 부친을 따라 유년시절을 강원도 홍천군 화촌면에서 지냄. 화촌초등학교 입학.

1950년 초등학교 2학년 때 6·25 동란 발발. 부모를 따라 부산 등지로 피난. 수복 후 강원도 원주에서 지내다 춘천으로 이사. 춘천초등학교 졸업.

1954년 3월 춘천중학교 입학.

1957년 3월 춘천고등학교 입학. 2학년 때 강원일보 주최 도내 고교학생문예 현상에 시 「얼굴」 당선. 학생 잡지 ≪학원≫에 「나목이 되는」이 우수작으로 선정. 3학년 때 학원문학상에 「겨울」이 우수작으로 당선. 고교 시절 교사로 계시던 이희철 선생의 지도를 받음. 동급생으로 전상국(소설가)이 있음.

1960년 고교 졸업 후 1년을 집에서 보냄. 겨울에 부친이 강원도 영월군 영월도립병원 원장으로 직장을 옮겨 가족들이 영월로 이사.

1961년 3월 한양대 공과대 섬유공학과에 특차로 입학. 당시 국문과 교수로 계시던 박목월 선생의 지도를 받음. 1학년 때 한대신문사 주최 한양문학상에 「모의」로 당선. 아내 최정자는 섬유공학과 동기생.

1962년 4월 ≪현대문학≫에 「낮」 외 1편이 박목월 선생의 추천으로 1회 추천. 같은 해 8월 「바다」 외 1편이 2회 추천. 1963년 4월 「두 개의 추상」이 3회 추천되어 등단. 여러 가지 사정으로 섬유공학과 3년 자퇴. 1년을 캠퍼스 룸펜으로 지냄.

1964년 3월 한양대 인문대 국문과 3년으로 재입학 전과. 11월 ≪현대시≫ 동인에 참여. 당시 동인은 김영태, 주문돈, 이유경, 이수익, 정진규, 황운헌, 허만하, 그 후 동인으로 참여한 박의상, 오세영, 김종해, 김규태, 오탁번, 이건청 등과 함께 1972년까지 활동.

1966년 3월 한양대 대학원 국문과 석사과정 입학.

1968년 2월 대학원 석사과정 졸업. 지도 교수 박목월. 최정자와 결혼. 아들 상규(현재 연세대 보건대학원 교수. 자부 김문정도 의사로 현재 을지대 교수) 출생.

1969년 8월 시집 『사물 A』(삼애사) 간행. 9월 춘천교육대학 국어과 전임강사로 취임. 춘천으로 이사.

1970년 3월 한양대 국문과 강사로 출강. 딸 다영(현재 미국에 거주. 사위 김성한은 주립 펜실베니아 공과대 교수) 출생.

1972년 강원도 문화상 수상.

1975년 시론집 『반인간』(조광출판사) 간행. 조교수로 승진. 강원대 강사로 출강.

1976년 시집 『환상의 다리』(일지사) 간행. 부교수로 승진.

1978년 3월 연세대 대학원 국문과 박사과정에 입학.

1979년 시론집 『시론』(고려원) 간행.

1980년 3월 한양대 인문대 국문과 조교수로 취임. 수필집 『안개여 꿈꾸는 그대 영혼이여』(고려원) 간행.

1981년 시집 『당신의 초상』(문학사상사) 간행. 연세대 강사로 출강.

1982년 8월 연세대 대학원 국문과 박사과정 졸업. 「이상시 연구」로 박사학위 받음. 지도 교수 신동욱.

1983년 시집 『사물들』(고려원), 시론집 『비대상』(민족문화사), 문학론 『문학과 시간』(이우출판사), 역서 랭거의 『예술이란 무엇인가』(고려원) 간행. 동국대 강사로 출강.

1984년 시선집 『상처』(영언문화사) 간행. 속초에서 개업의를 하시던 부친 별세. 부교수로 승진. 현대문학상 수상.

1985년 『한국명시감상』(청하) 간행.

1986년 시집 『당신의 방』(문학과 지성사), 시론집 『이상시 연구』(고려원), 시론집 『한국시의 구조분석』(종로서적), 그림 시집 『샤갈』(문학과 비평사), 수필집 『너의 행복한 얼굴 위에』(청하) 간행. 중앙일보 문화센터 시작반 강사로 출강. 한국시협상 수상.

1987년 시선집 『너를 본 순간』(문학사상사), 수필선집 『우리들의 낮과 밤』(자유문학사) 간행.

1988년 시집 『너라는 환상』(세계사), 시론집 『시작법』(문학과 비평사), 『이상시전집주석』(문학사상사), 편저 『한국문학과 구조주의』(문학과 비평사) 간행.

1989년 수필집 『너라는 신비』(세계사) 간행. 시전문계간지 ≪현대시사상≫을 고려원에서 창간. 1999년까지 10년 동안 주간을 맡음.

1990년 교수로 승진.

1991년 시집 『길은 없어도 행복하다』(세계사), 시론집 『포스트모더니즘 시론』(고려원), 시선집 『환상이라는 이름의 역』(미래사) 간행.

1992년 수필집 『모든 섬은 따뜻하다』(고려원), 문장론 『글을 어떻게 쓸 것인가』(문학아카데미) 간행.

1993년 시집 『밤이면 삐노가 그립다』(세계사), 시론집 『한국현대시론사』(고려원) 간행.

1995년 시집 『밝은 방』(고려원), 시론집 『모더니즘 시론』(문예출판사), 시론 『한국대표시해설』(문학과 비평사), 편저 『문학상징사전』(고려원).

1996년 『한국현대시 새롭게 읽기』(세계사) 간행. 손자 석준 출생.

1997년 시집 『나는 사랑한다』(세계사), 시론 『식민지시대
의 모더니스트 이상』(건국대출판부) 간행. 이대 대
학원 강사로 출강.

1998년 시론집 『해체시론』(새미사) 간행. 시전문계간지
≪시와 반시≫ 편집자문위원. 모친 별세. 외손녀 소
정 출생.

1999년 시론집 『한국현대시의 이해』(집문당), 수필집 『당
신도 15분간 유명하다』(모아드림) 간행. 한양어문
학회(현재 한국언어문화학회) 회장에 취임. 월간
≪현대시≫ 추천심의위원. 손자 호준 출생.

2000년 시집 『너라는 햇빛』(세계사), 시론집 『한국모더니
즘시사』(문예출판사), 편저 『한국현대대표시론』(태
학사) 간행.

2001년 문학론 『현대비평이론』(태학사) 간행.

2002년 시집 『인생』(민음사), 시론집 『모더니즘의 비판적
수용』(작가), 시선집 『아름다운 A』(황금북) 간행.
외손자 규영 출생.

2003년 이론서 『탈근대주체이론-과정으로서의 나』(푸른 사
상), 대표 시론 『시적인 것은 없고 시도 없다』(집문
당) 간행. 시전문계간지 ≪시와 세계≫ 편집자문위원.

2004년 시집 『비누』(고요아침), 시론 『이승훈의 알기 쉬운
현대시작법』(현대시)간행. 시와시학상·백남학술상
수상.

2005년 시론집 『시론』 개정판(태학사), 연구서 『선과 기호학』(한양대 출판부), 회화론 『이승훈의 현대회화 읽기』(시작사) 간행.

2007년 시집 『이것은 시가 아니다』(세계사), 시론집 『정신분석 시론』(문예출판사), 선집 『이승훈의 문학탐색』(푸른 사상), 『현대시의 종말과 미학』(집문당) 간행. 김삿갓문학상·제1회 심연수문학상 수상.

2008년 2월 한양대 국문과 교수 정년퇴임. 8월 백담사에서 무산 오현 스님이 주신 법호 방장方丈을 받고 불자가 되다. 제1회 이상시문학상 수상.

2009년 예술론 『아방가르드는 없다』(태학사), 시론 『라캉 거꾸로 읽기-해방시학을 위하여』(월인), 편저 『문학으로 읽는 문화상징사전』(푸른 사상) 간행.

2010년 시집 『화두』(책만드는집) 간행.

2011년 이론서 『선과 하이데거』(황금알), 『대담시론-전봉건, 이승훈』(문학선), 『이승훈의 알기 쉬운 현대시작법』 개정판(북인), 『라캉으로 시읽기-이승훈의 해방시학』(문학동네) 간행. 제1회 김준오시학상 수상.

2012년 시론서 『영도의 시쓰기』(푸른사상), 육필 시집 『서울에서의 이승훈 씨』(지식을만드는지식) 간행.

2013년 현대불교문학상 수상.

2016년 만해문예대상 수상.

2018년 1월 16일 숙환으로 별세.

〖한국대표명시선100〗을 펴내며

　한국 현대시 100년의 금자탑은 장엄하다. 오랜 역사와 더불어 꽃피워온 얼·말·글의 새벽을 열었고 외세의 침략으로 역경과 수난 속에서도 모국어의 활화산은 더욱 불길을 뿜어 세계문학 속에 한국시의 참모습을 드러내게 되었다.

　이 나라는 글의 나라였고 이 겨레는 시의 겨레였다. 글로 사직을 지키고 시로 살림하며 노래로 산과 물을 감싸왔다. 오늘 높아져 가는 겨레의 위상과 자존의 바탕에도 모국어의 위대한 용암이 들끓고 있음이다.

　이제 우리는 이 땅의 시인들이 척박한 시대를 피땀으로 경작해온 풍성한 시의 수확을 먼 미래의 자손들에게까지 누리고 살 양식으로 공급하는 곳간을 여는 일에 나서야 할 때임을 깨닫고 서두르는 것이다.

　일찍이 만해는 「님의 침묵」으로 빼앗긴 나라를 되찾고 잃어가는 민족정신을 일으켜 세우는 밑거름으로 삼았으며 그 기룸의 뜻은 높은 뫼로 솟아오르고 너른 바다로 뻗어나가고 있다.

　만해가 시를 최초로 활자화한 것은 옥중시 「무궁화를 심고자」(≪개벽≫ 27호 1922. 9)였다. 만해사상실천선양회는 그 아흔 돌을 맞아 만해의 시정신을 기리는 일의 하나로 '한국대표명시선100'을 펴내게 된 것이다.

　이로써 시인들은 더욱 붓을 가다듬어 후세에 길이 남을 명편들을 낳는 일에 나서게 될 것이고, 이 겨레는 이 크나큰 모국어의 축복을 길이 가슴에 새겨나갈 것이다.

만해사상실천선양회

한국대표명시선100 | 이 승 훈

이 시대의 시쓰기

1판1쇄 발행 2013년 3월 18일
1판2쇄 발행 2020년11월 11일

지 은 이 이 승 훈
뽑 은 이 만해사상실천선양회
펴 낸 이 이 창 섭
펴 낸 곳 시인생각
등 록 번 호 제2012-000007호(2012.7.6)
주   소 고양시 일산동구 호수로 688. A-419호
            ㉾10364
전   화 050-5552-2222
팩   스 (031)812-5121
이 메 일 lkb4000@hanmail.net

값 6,000원

ISBN 978-89-98047-28-3 03810

※ 이 책은 만해사상실천선양회의 지원으로 간행되었습니다.